VENTE
du Lundi 23
et du Mardi 24 Décembre 1912
SALLE SILVESTRE

COLLECTION AD. LOUREIRO

EX-LIBRIS ANCIENS ET MODERNES

Me André DESVOUGES, Commissaire-Priseur.
M. SAFFROY, Expert.

COLLECTION AD. LOUREIRO

EX-LIBRIS ANCIENS ET MODERNES

LA VENTE AURA LIEU

Les LUNDI 23 et MARDI 24 DÉCEMBRE 1912

à deux heures précises du soir

SALLE SILVESTRE, 28, rue des Bons-Enfants

Par le ministère de Me ANDRÉ DESVOUGES, Commissaire-Priseur

26, rue de la Grange-Batelière, 26

Assisté de M. H. SAFFROY, Expert

EXPOSITIONS

dès la publication du présent Catalogue

à la Librairie SAFFROY FRÈRES, 73, Grande-Rue; Villa n° 23

au Pré Saint-Gervais (Seine)

et à la SALLE SILVESTRE, le Samedi 21 Décembre

ORDRE DES VACATIONS

	Numéros.
Lundi 23 Décembre 1912.	1 à 194
» »	497 à 600
Mardi 24 Décembre 1912.	195 à 496

CONDITIONS DE LA VENTE

La vente se fait expressément au comptant.

Les acquéreurs paieront 10 pour cent en sus des enchères.

L'expert chargé de la vente remplira les commissions des personnes qui ne pourraient y assister.

CATALOGUE

DE LA

COLLECTION D'EX-LIBRIS

FORMÉE PAR

FEU M. LE GÉNÉRAL LOUREIRO

Directeur général des Travaux publics de Portugal

N° 225 du Catalogue

PRÉ SAINT-GERVAIS
(Seine)
SAFFROY FRÈRES, Libraires
73, GRANDE-RUE, 73

1912

EX-LIBRIS

ANCIENS ET MODERNES

PORTUGAL

XVIIe et XVIIIe SIÈCLES

1. ABRANCHES (Michael de Norogna de) Principalis actualis Lisbonensis Ecclesiæ Lusitanus. Gravé sur bois, en deux couleurs.
2. ABREU (D. Ant. Alvarez de), à supr. Indiar. Consilio et Camera. Gravé par *Paul Minguet.*
3. ALMEIDA (D. Didacus Ferdandes d'). *Franc Vieira Luzitanus Inv., F Harewyn Sculp. Lisboa.*
4. ANADIA (Comte de). — Marques d'ANGEJA. — Vicente DE SALDANHA, 3 pièces.
5. ARANJO (Commandeur d'), 3 variantes. — Luiz COSTA. — Ant. ALVAREZ DE ABREU (réparé). — Anonyme. 6 pièces.
6. BOTELLO (D.-J.-X.), archevêque d'Evora.
7. BREYNER (D. Thereza de Mello).
8. CASTRO (Ignace Fr. de), évêque d'Evora, par *Le Bouteux*, 1731, in-4.

   Voir reproduction page 2.
9. HOPITAL ROYAL de St-Jean Népomucène des Carmélites de Lisbonne.
10. MACHADO (Didacus Barboza), abbé de St-Adrien de Sever. *F. Harrewyn Inventor Sculp. Lisboa*, 1730.
11. MELLO. — Diogo DE MELLO, gravé par *Carmona*. 2 pièces.

12. Menebez (Alex. Metello de Souza), par *E. N. F.* — Barro e Souza, gr. par *Marquet*. — Conego Carvalho. — Sébastian

José de Carvalho (*super-libris*). — Consulado Gerâl de Portugal em Cadiz. 5 pièces.

13. Pinto (Luiz Bernado).

14. Ponte (Conde da). — Jozé de Napoles Tello de Menezès. — Conde de Obidos. — D. Jozé da Silva Pessanha. 4 pièces.

15. Prior de S^to Domingo (H.), à Porto.

16. Ribafria (Joao Mª de Saldenha Albuquerque Castro e).

17. — Le même.

N° 22 du Catalogue

18. Sao Vincente (Conde de). Curieuse pièce représentant un navire.

19. Teixeira (Antonio Manoel Gomes).

20. Trigozo (M^el Paes d'Aragaò). P^ra e Mag^es.

21. Valentes. Caiados on Gambras. — S. Trigozo. — [Salema ou Sardinho]? — David Alves Rebello. — Conde de Povolide. — Conde da Ponte. — Marquez de Sande. 7 pièces.

22. Vasconsellos (Luis Joseph de). 3 pièces, in-folio (déchiré dans la partie supérieure), in-4 et in-8.
Voir reproduction ci-dessus.

23. VIZORREY (Aosenhor Pero da Silva), da India. Do Conselho d'Estado. Manuscrit, colorié, in-4.

24. A'COENACULO (Emanuel), du Tiers ordre de S. François, gravé par *A. Padrao*, 2 épreuves. — Saldanha DE GAMA, — gr. par *R. de S.* — Conde DA PONTE. — Conde DE SAO LOURENÇO. — Conde DE VIMIEIRO, gr. par *Carmona*. 6 pièces en réimpression.

25. **Etiquettes**, timbres de bibliothèques royales ou particulières, bibliothèques de congrégations, etc., 68 pièces en majeure partie du XVIIIe siècle.

26. **Ex-libris et fers de reliures**, 75 reproductions en zincogravure de pièces portugaises rares.

XIXe SIÈCLE

27. CANTO (Dr Ernesto do), Saò Miguel Acòres, gravé par *F. M. Borrel*, 1898. — Conde de Olivaese PENHA LONGA, 2 formats. — J. M. da Silva PARANHOS, par *Agry*. — BRANCA, par *C. W. Scherborn*, 1890. — Joäo da Costa Santiago DE CARVALHO SOUZA, par *Stern*. — Manoel d'ALBUQUERQUE. 7 pièces.

28. TOSCANO (D. Carolina). — MAGALHAES, 1839. — MARDEL. — Conde DE MELLO. — Conde DE SAO MAMEDE. — José Pinto SOARES. — Teixeira DE VASCONCELLOS. — Henri de Suarés d'ALMEYDA. — CABRAL. — José DO CANTO, par *Stern*. — DE CASTRO. — Conde DE CASTRO E SOLLA, par *H. Grie et Cie*, in-folio. — DE FARIA, 10 variantes. — Conde do ALMARJAO. — Etc. 67 ex-libris héraldiques.

29. BRAAMCAMP-FREIRE (De). — Marquerez DE FRONTEIRA, par *Wyon*. — DE ALMEIDA GARRETT. — Marquez DE JACOME CORREA, 2 formats. — MARDEL. — Conde DE OLIVAES E PENHA-LONGA. — O'NEILL. — Conde DE VALENCAS, par *Stern*. — Etc. 57 pièces héraldiques.

30. LOUREIRO (Adolfo, Francisco et Lantelme), 9 pièces.

31. **Ex-libris** de sujets britanniques fixés en Portugal, 30 pièces.

Joao Allen. — Robert Blackburn. — José Estevao Cliffe. — Klingelhofer. — G. J. Linn. — John Noble. — J. S. Smith. — G. De Visme, 3 variantes. — VanZeller. — Etc.

32. **Congrégations religieuses**, 10 cachets de bibliothèque.

33. **Lot de 53 ex-libris** non héraldiques.

34. **Lot de 58 ex-libris** non héraldiques.

35. **Bibliothèques régimentaires**, 32 cachets.

36. **Bibliothèques** royales, municipales, universitaires, d'Académies, de clubs, d'écoles, etc., 131 étiquettes et cachets.

37. **Bibliothèques** particulières, 138 étiquettes gravées et typogr., et cachets à l'encre grasse.

ESPAGNE

XVIIe et XVIIIe SIÈCLES

38. Antonio (A. Don) Capata obispo de Cadiz, S. Diego Nunez Perez Veintiquatro de Sevilla. Armoirie enluminée, in-4.

39. Barcelona (Bibliotheca Militar). *Valls sculps. Barcin.*

40. Cides (De Los) Cavalleros Infancones. xviie siècle, in-4.
Voir reproduction page 6.

41. Mendoca (Joannes de), archidiacre de Tolède. — Mendoza. — Marquez de Astorga. — Duque de Hyjar, 3 variantes. — Lazaro Hernandez. — Cremadells. — D. Martin Panzano y Abos. — Alvarez de Abreu. — Rodriguez Loustaunau. — Anonymes. 16 pièces dont 9 en *réimpression*.

42. Paz (Principe de La), grave par *M. S. C.* — Conde de Mansilla. — Bezerra. — Féroni. 4 pièces.

43. Ponce de Léon. 12 armoiries de membres de cette famille, deux signées *Alardo de Popina fecit Toleti*, 1617.

44. Rajas y Almansa (D. José Manoel de), par *Ml Rt.*

45. Ségovia (Bispo de). — D. Antonio Vacaro y Valcan. — D. Ferdin. Joseph à Velasco. 3 pièces.

46. **Rois d'Espagne** (Armoiries et ex-libris de), 8 pièces, des xviie, xviiie et xixe s.

XIXe SIÈCLE

47. **Ex-libris héraldiques**. C. M. Laas d'Aguen. — Marqué de Alcedo. — Conde de Aquila. — Don Canovas del Castillos. — Duque de La Fernandina. — Etc. 40 pièces.

48. **Ex-libris héraldiques.** Narvaer. — Gomez de La Cortina. — Sanchez de Movellan. — Duque d'Ossuna. — Rei de Hespanha, Alphonso XII. — Duque de San Carlos. — J. M. de La Torre. — Etc. 31 pièces.

49. **Œuvre de A. de Riquer** (Partie de l'). 31 pièces dont 8 gravées à l'eau-forte.
Ex-libris Alphonso XIII, en couleurs, épreuve sur japon signée de l'artiste. — Joaquin Cabot. — Alfonso Gallardo. — R. Miquel. — Victor Oliva. — Font de Rubinat, etc.

50. **Médecins**, 8 pièces.

51. **Etiquettes**. 42 pièces, quelques-unes du xviiie siècle.

52. Monsalvatje (Famille). 33 ex-libris par divers artistes espagnols et allemands.

N° 40 du Catalogue

53. **Ex-libris modernes** exécutés par divers artistes et tirés en noir ou en couleurs, 50 pièces.

54. — Autre lot de 50 pièces.

55. — Autre lot de 50 pièces.

56. — Autre lot de 50 pièces.

57. — Autre lot de 50 pièces.

58. — Autre lot de 44 pièces.

ITALIE

XVIIIe SIÈCLE

59. **Anonyme**. Devise : *Nomen honor que meis*. Gravé par *B. Morganti*, in-8.

60. Confrérie du St Sépulcre. Jolie pièce signée : *Arincrigus sculp. G.* 1711, in-folio.

61. Curti (C[e]), gr. par Stagnon. Belle épreuve avec marges.

62. Estouteville. F. de Tuttavilla, duc de Calabrito, in-8.
Voir reproduction, page 8.

63. Grimaldi, évêque.

64. Grimaldi, accolé de Durazzo. — Grimaldi, épreuve coloriée. 2 pièces.

65. Linati (Conte Filippo), gravé par *Cagnoni* à Milan ; in-12 en largeur. Jolie pièce avec portrait, 2 épreuves, une coupée au cadre.

66. Malvoti di Conegliano (Di Francesco Maria). Jolie pièce ovale avec attributs des Arts.

67. Parme (Bibliothèque publique de), pièce ronde avec intérieur de bibliothèque.

68. Pasta (Maria), petit in-8 en largeur. Jolie composition gravée à l'aquateinte vers 1810.

69. Savoie (Emmanuel III, duc de), gravé par *Denis*. — Albert de Savoie, gravé sur bois. — Abbaye Royale de La Superga. 3 pièces.

70. **Anonymes héraldiques**. 8 pièces dont 4 d'ecclésiastiques et une signée *Paghino*.

71. **Cartes de visite**. L'Ambassadeur de Venise. — Il. Cav[re] Vespasiano Macedonio. — Il. Cavalier Vincenzo Lombardi. — N. H. E. Pompeo Rota fu de E. Gregorio. — Giulio Acetti. — Gio Batta Serra. 6 pièces.

72. Academici accorti. — Abolli. — N. Balbi, patricien de Venise. — Barberini. — Vincenzo Bechi. — Cataneti de S. Miniato. — H. G. Bonciani. — J. Camuti. — Cervellieri. — Niccolo Colloredo. — J. P. Cornelius, au monastère de S. Michel de Muriano. — Crespan. — J. Juvo. — Fillippo Ferrero della Marmora. — M[s] Mazzanti. — Pagni. 16 pièces.

73. Anshedon, évêque. — Cervellieri. — Conte Carli Rubbi. — Principe Just. Scmio, 2 variantes. — J. Spreti. — R. P. D. Tesini. — L. M. Tettoni. — Bibl. Ticinensis. — Tidoni. — And. Tontoli. — Princ. de la Torella. — Marquis Trotti. —

Cardinal VALENTI. — Comte DE VALPERGIA. — Fabio DE VECCHI. — Carlo DE VECCHI. — Fr. R. VERNACCIA. — I. ZANARDI. — Anonymes. Ens. 24 pièces.

74. ALFIÉRI (Victorii). — ANDREANI. — ARCHINTO. — Al. BARBARO.

Nº 62 du Catalogue

— BARNABO, 2 var. — W. A. BARTH. BOURBON DEL MONTE. — CACHERANO. — Ang. CALOGIERA. — CERVELLIERI. — A. ANGEL Corneliensis. — GIOGO. — A. F. GORI. — Marius MAREFUSCHUS. — Etc. 22 pièces.

75. ANGEL (Aloys). — Vincenzo BICHI. — BOURBON DEL MONTE. — Angelo CALOGIÉRA. — Comte DE COLLALTO. — COSTERBOS. — Domenico GRAVINA, par *Garofalo*. — MEDICIS. — Gaspar DE NIGRIS. — MOZZI. — PERUZZI. — Etc. 21 pièces.

76. ANCAJANI (Fr.). — L. CAVALLI. — Marquis DE CUSAN. — F. DURANDI. — P. L. FILLIARD, avocat au Sénat de Savoye, par *Féron*. — Vincenti FOLLINI. — N. FOSCARINI. — GASCHI DE BURGETO. — Ch. Em. SARDAGNA DE HOCHENSTEIN. —

Prince Gonzaga de Mantoue. — Valenti, 5 variantes. — Valmarana. — Etc. 21 pièces.

77. **Etiquettes**, quelques-unes gravées et avec encadrement, 51 pièces.

78. **Reproductions** et réimpressions de cuivres originaux. 36 pièces.

XIXe SIÈCLE

79. Humbert, roi d'Italie. Biblioteca reale di Monza. — Reale Bibliotheca Marina (à Naples). — Administrazione centrale delle R^e Zecche. — Reale Academia delle Scienze di Torino. 4 pièces.

80. Bourbon (S. A. R. Charles Louis de), comte de Villafranca. — Durazzo. — Marquis de Magny d'Ostiano. — Cte Marescalchi. — Duc de Parme. — Comte de Salmour. — Thibet. — Etc. 53 pièces héraldiques.

81. Aquila (Biblioteca di). — Amorini Bolignini. — Giberto Borromeo. — Arthus Bossi. — Comte de Carburi. — Biagio Casalini. — Paulucci de Talboli. — Comte Ferrero Ponziglione di Borgo d'Ale. — De Sarzana, gravé par *Stern*. — Etc. 54 pièces héraldiques.

82. **Ex-libris** non héraldiques, par divers artistes, en noir et en couleurs, 61 pièces.

83. — Autre lot de 62 pièces.

SUISSE

XVIIIe SIÈCLE

84. GIRTANNER (Daniel), gravée par *H. Lips.*
Voir reproduction ci-dessous.

N° 84 du Catalogue

85. KAESER (G.).

86. MANUEL (Rud. Gab.), gravé par *B.-A. Dunker*. Jolie pièce.

87. SCHAFFHAUSSEN (Société littéraire de l'Harmonie à), 2 pièces, une signée *Schellenberg*.

88. BOYVE (Jer.). — P.-P. CANNAC. — CAZENOVE. — CHAMBRIER. — CONSTANT DE REBECQUE, en noir et en bistre. — DE COURTEN, par *Brupacher*, 1773. — ESTAVAYÉ. — Vincent FRISCHING, 2 variantes, une signée *J.-L. Aberli*. — DE GLAND DIT DELLIENT. — B.-J. GLOGGNER, chanoine de Lucerne. — PERRIN, ministre, 5 variantes. — G. SELLON D'ALLAMAN. 18 pièces.

89. CRAMER, gravé sur bois. — Gabriel CRAMER. — ESTAVAYER. — GAUSSEN. — DE GRANDCOUR (réparé). — PERRIN, ministre protestant, 3 variantes. — G. SELLON D'ALAMAN. — Jules SILLIG. — Anonyme, avec attributs militaires. 11 pièces.

90. Brenner (H.-J.-H.), 1757. — Du Bosson. — Burkhardt Ryhiner à St-Alban. — D. F. Rosselet. — Scalinger. 5 pièces gravées sur bois.

91. Constant de Rebecque, variante avec la devise *In arduis constans*. — J.-G. Burckhard, par *M.-B.* — Fr. Gaussen. — Jacob Huber. — B. Lutstorf. — J. Stodt. 6 pièces.

92. Briselance. — Edlibach. — Falck. — Effinger. — Graffenried. — Kaller. — Ott. — Rychener. — Schonau. — Watteville. — Winterthur. — Jean Weibel. — Anonymes. 19 pièces en *réimpression*.

93. Lavater (Diethelm), médecin, par *Schellenberg*. — Société de l'Harmonie de Schaffousse, par le même. — De Vincy, par *Sevin*. 3 pièces.

94. May (F. de). — Fr. von Mulinen. — Perrin. — De Polier. — G. de Reynolds, capitaine aux Gardes suisses, par *Striedlbeck*. — Rosset, par *Brupacher*. — Burkhardt Ryhiner. — J. Scheuchzer. — C. Steijer. 9 pièces.

95. **Reproductions** d'ex-libris rares des XVIIe et XVIIIe siècles, 24 pièces en zincogravure.

XIXe SIÈCLE

96. **Ex-libris de dames.** — Ex-libris gravés à l'eau-forte par *Van Muyden*, *R. Fretz*, *Alfred Soder*, *J. Kauffmann*, etc. Ensemble 21 pièces.

97. **Ex-libris de médecins**, 11 pièces.

98. **Ex-libris héraldiques**. Alf. — Le Fort. — Bertschi Stal. — Etc. 21 pièces.

99. **Ex-libris héraldiques**. Panchauld de Bottens. — Claparède. — De La Corbière. — Diodati. — Faesch. — Etc. 25 pièces.

100. **Ex-libris héraldiques**. Grugger. — Haller. — Kumbel. — Lips. — Luserna. — Perrochet. — Etc. 24 pièces.

101. **Ex-libris héraldiques**. Portmann. — Salis. — Steck. — Spittler. — Etc. 22 pièces.

102. **Ex-libris héraldiques**. Strausz. — Stuckelberg. — Tanner. — Watteville. — Etc. 24 pièces.

103. **Ex-libris modernes** par divers artistes, tirés en noir et en couleurs, 48 pièces.

104. — Autre lot de 47 pièces.

FRANCE

XVIIe SIÈCLE

105. Basnage (J.).

106. Bigot. — L.-E. Bigot, 2 pièces in-32, une à toutes marges.

107. Bouchard de Meherenc (Normandie et Bretagne).

108. Chevalier (Joseph), de Reims, par *Collin* (non signé).

109. Godefroy (D.).

110. Gourreau (François), seig. de la Proustière et du Boisgilloust.

111. Horcholle (Th.), prêtre et curé-doyen à Rouen, in-8.

112. Lamoignon (Guillaume de), Ier président au Parlement de Paris.

113. Le Vignon (François), docteur médecin à Paris, par Boulonnois, in-4.
Epreuve fatiguée.

114. Petau (Alexandre).

115. Robert de la Fortelle, signé *Briot fecit*, in-4.
Voir reproduction page 13.

116. Taisand, gravé par *Le Bossu*, in-8.

117. Félibien (André), historiographe du Roy, 1669. — Piquefeu, armoiries accolées. — Robinot (Nicolas), le nom manuscrit. — Rousseau (Cl.-B.), auditeur des comptes, 4 pièces.

118. Michel (G.). — De Tudert. — Deux anonymes. Ens. 4 pièces.

XVIIIe SIÈCLE

119. **ALSACE**. Brunck (Richard), par *Striedbeck*. Rare.
Voir reproduction page 14.

120. — Du Conte (Bern.-Alex.-Xav.). S. C. D. Ste Petri Jun. Argent.

121. — Grandidier (L'abbé).

122. — Vincy (H. I. V. de), par *Ollivault à Strasbourg*.

123. — Blessig (J.-L.), prof., par *Wachsmut*. — Collin de Contrisson. — J.-B. Gobel. — Ant. Jeanjean. — Thomas Lauth. — Martinez. — Mouillesaux. — Reinach. — J.-R. Spielmann, par *Striedbeck*. — Vireau de Sombreuil, 10 pièces dont 2 étiquettes.

124. — J. Boeclerus, par *Weis*. — Ph.-H. Boecleri, par *Striedbeck*. — Friden. — Jésuites de Strasbourg. — Bibliotheca Mullhusina. — M.-J. Neef. — J.-R. Spielmann, par *Striedbeck*. — Oberlin, prof. — Rosen. — A. Spoerlin. — M. Thomassin. 11 pièces dont 3 étiquettes.

N° 115 du Catalogue.

125 **ANJOU**. Duc de Brissac, par *George*.

126. — Ménage de Pressigny, gravé sur bois. — Fr.-J. Ménage de Mondésir. 2 pièces.

127. — G., Marquis du Bellay. Clermont-Gallerande, 2 différents. — Duc de Cossé. — Damours. — Goislard de Monsabert. — J. Trochon. 7 pièces.

128. **ARTOIS**. — Association littéraire d'*Arras*, par *Nonot* (réimpression). Béthune. — Calonne. — L. Cayeux. — Constant-Rebecque. — Créquy (2 différents). — Dubois de Fosseux. — Dupont, par *Maurisset* (réimpr.). — Ex-praemium du collège d'*Arras*, 1729. — De Galbart. — R.-A. de Gantès, par *Le Maire* (réimpr.). — La Cressonnière. — Mareschal de Bièvre. — Watelet de La Vinelle. 15 pièces.

129 **AUVERGNE.** De Boutaudon, variante rare.

130. — Durant de St-Cirgues. 1737.

131. — Félicis de Chalut. — Chavagnac. — Clary de St-Angel. — Comte d'Espinchal. — Henri d'Espinchal. — P.-F.-B. Guerrier. — Lespinasse-Langeac, par *Bénard*. — Murat. — Salvert de Montroignon. 9 pièces dont 2 étiquettes.

132. **BERRI.** Bourlet de Vauxcelles. — Montmoran de Vièvre. — Moreau de Mersan, 1785. 3 pièces dont une étiquette.

N° 119 du Catalogue.

133. **BOURBONNAIS.** — Vicomte de Bourbon-Basset, 1788. — L.-L.-P. Bourbon-Busset, 1793. — Du Breuil. — Legendre de St-Aubin. — C. de Tilly. — Marquis de Vichet, 6 pièces.

134. **BOURGOGNE.** J.-L. Blondeau. — S. Gallatin. — D.-D. Lesage. — Loppin de Montmort. — Papillon (état avant la lettre). 5 pièces.

135. — J.-B. Hémey (devise grattée). — P.-N. Hémey. 2 pièces.

136. — D'Apchon, évêque de Dijon. — Bouton de Chamilly. — Cortois. — Durand de Fontenay (petit format). — De Massol. 5 pièces.

137. — Perrot (P.-Cl.).

138. — Rymon (Phil. de), bachelier en théologie et Docteur en droit canonique à Châlons, 1740. Epreuve à toutes marges.

139. — Tascher, par *Roy*. Etat sans le manteau.

140. — Fr. Morel; pièce en hauteur. — Fr. Morel; en largeur, supports deux anges. 2 pièces.

141. — Bourdon. — Fouché, curé d'Asnières. — Janinet. — Cl. Lamy. — Le Goux de la Berchère. — Pitiot. — Rollet Desprosts. — De Ville d'Epagny. — Etc. 11 étiquettes typogr.

142. — L. Aubret. — De Baille. — Barbier-Dentre-Deux-Monts. — Bernard de la Vernette. — Cl.-Ed. de Bona. — J.-L. Bouheret. — De Bouillon. — De Bourgevin de Vialart de Moligny. — De Bourgevin. — Bourrée de Corberon. 10 pièces.

143. — Bernard de La Vernette (2 différents). — C. de Brosses (2 différents). — Me Du Bu de Longchamps, par *Ollivault*. — T. Bullier. — F. Cajon. — Chappet d'Estagny. — Clerguet. — Aubret. 10 pièces.

144. — T. Bullier. — Clerguet. — Colbert. — P.-A. Convers. — L. C. de Crémeaux d'Entragues. — Collège des Godrans à Dijon. — L.-A. Douglas. — De Durey. — D'Esbiey. — Aubret. 10 pièces.

145. — Convers (P.-A.). — Collège des Gaudrans à Dijon. — De Durey. — M. de Faultières, 1730. — De Fenille. — Fevret de St-Memin. — Fevret de Fontette. — Marquise de Fleury. — Fyot. — Richard de Ruffey, par *Fontanals*. 10 pièces.

146. — Fyot. — Gallatin. — Maissonnat. — De Vergennes. — P.-N. Hémey. — Jacquelin. — Joly. — G. Michel de La Jonchère. — P. Fr. De Labarre. — P. A. Convers. 10 pièces.

147. — De La Maillardière. — G. Mainsonnat. — P.-M. Delamichodière. — La Poix de Fréminville. — J.-P. Larchep. — M. Lardet. — Le Gendre de St-Aubin. — G.-Ch. Le Gendre, par *Giffart*. — Legoux de St-Seine. — Le Grand de Mornay. 10 pièces.

148. — J.-P. Larcher. — Loppin de Masse. — D.-G. Mainsonnat. — Malyvert. — D. Margue. — Marié de Toulle. — J.-B. Maurier. — Beauvoir. — L. Mousset. — De La Maillardière. 10 pièces.

149. — Myette (G.-M.). — Delamichodière. — Rigoley. — Gigot d'Orcy. — Pasquier de Messange, 1792. — Pecquot de St-Maurice (2 différents). — Girardot de Préfond. — F.-M. Richard d'Aubigny. — Roger. 10 pièces.

150. — Richard d'Aubigny (F.-M.). — Richard de Ruffey (2 différents). — Richard de Vesvrotte. — Rigoley. — Miss Roullier — St-Chamans, 2 différents. — Thesut. — Du Crest de Villeneuve. 10 pièces.

151. — Richard de Ruffey. — Rigoley — Miss Roullier. — Surmain — Thesut. — Thyard. — Varenne de Fenille. — H. Fr. Verchere. — La Villeneuve. — Crest de Villleneuve. — J. Vincent. — A. Viollet. 12 pièces.

152. **BRETAGNE**. Bidé de Chézac.

153. — BREGEL (Philippe), maistre des cérémonies de Notre-Dame du Mont-Carmel (1695-1774). — ESPIVENT DE VILLEBOISNET. 2 pièces.

154. — LE GAC DE LANSALUT. Jolie pièce gravée à l'eau-forte.

155. — PARC (Comte M. du), chambellan de l'Empereur d'Autriche. — Comte DU PARC (armes écartelées). — Comte DU PARC (armes simples). — M. DU PARC. 4 pièces.

156. — POTIER DE GESVRES, par *Trudon*. — Autre non signé, différent. — Ex- dono St R. POTIER, cardinal DE GESVRES. 3 pièces.

157. — VILLERS (J.-C.), par *Ollivault, à Rennes.*

158. — AUBIN. — BACHELIER DU PINIER. — BEAUSSET, évêque de Vannes. — CHAMILLARD. — A. DE CHAMPCOUR. — DU COETLOSQUET. — DU FENOYL DE GAYARDON. — FOUQUET. — HEVIN. — LA FERRONNAIS. — Société de lecture de LA FOSSE, à Nantes. — MICHAU DE MONTARAN. — PICOT DE CLOSRIVIÈRE. — PIVERON DE MORLAT. — RIVAULT DE CHAMPFLEURY. — A.-J. DE ROHAN, archev. de Reims. 16 pièces dont 2 étiquettes.

159. — DE CHATEAUGIRON, prêtre à Rennes. — LE SAGE, chanoine de St-Brieuc. — DUC DE LA VAUGUYON. — PIERRET DE CHANTERENNES, 4 étiquettes.

160. **BRIE**. CAUMARTIN. Bibliothèque du château de Saint-Ange (près Moret), gravé par *C. Baquoy.*

161. — DE CHAMPCENETZ. — J.-B. PETIT, brasseur à Meaux. — GENÉE DES TOURNELLES. — J.-B. MORIN, par *Roy*. 4 pièces dont une étiquette.

162. — MORIN (M.), avocat à Meaux. — DES MARES, prieur de Jossigny. — GENÉE DESTOURNELLES, chanoine de Meaux. — J.-B. MORIN, par *Roy*. 4 pieces dont une au pochoir.

163. **CHAMPAGNE**. J.-E. CAUMARTIN DE LACANCHE. — CAUMARTIN (4 différents). 5 pièces.

164. — DUEIL (L.) de Reims (Gravé par Colin, à Reims).

165. — A.-J. NAVÉ, avocat à Reims, par *Varlet de Semeuze*, 1761. — JACOBÉ DE GONCOURT, par *Bourgeois*. — DU LAURENS. — LE CAMUS DE BLIGNY. 4 pièces.

166. — PÉTÉRINCK (J.-B.-S.). — P. PÉRARD DROUET. 2 pièces.

167. — QUILLIARD (J'appartiens à M. Jean) de Langres, à Belan (Côte-d'Or). Inscription manuscrite dans un cartouche en sanguine, in-4.

168. — RICHELET, à Dormans en Champagne.

169. — BACHELIER. — BLONDEL, conseiller au parlement. — BLONDEL, maître des requêtes. — Marquis DE MARANVILLE. — Comte CHARLES DU BOUTET. — Marquis DU BOUTET. — DE BRIENNE, par

Varin. — Brulart de Sillery. — P.-Franç. Coppette. — Corbie. — Desbarres de Béchainville. — L. Desforges. 12 pièces.

170. — Bergeat (N.). — De Brienne, par *Varin*. — Bibliothèque de Dinteville, 2 différents. — J. Geoffroy. — Girod, baron de Trémont. — Ledoux. — D.-D. Le Leu d'Aubilly. — J.-B. Mathieu. — J.-B. L'Écuy, 2 différents. — Le Poivre, de Villiers-aux-Nœuds. 11 pièces.

171. — Maillart. — Mareschal de Montéclain. — Mesgrigny. — Al. J. Mignot, abbé de Scellières. — N. Bergeat. — Mitantier. — Moreau de Coeffy. — Orry de Vignory. — Péchin, conseiller à Langres. — J. Pérard, 1735. — L. de Vienne, par *J. Gosset*. 11 pièces.

172. — Moreau de Coeffy. — L.-J. Raussin. — Chapitre métropolitain de Reims. — Rogier de Monclin. — J.-B. Savoye. — Siret, 1791. — De Simony. — L. de Vienne, par *Gosset*. 8 pièces.

173. **DAUPHINÉ**. Bally (M.-J.). — J.-J. Cinier. — Baron de Chabert. — Conte. — Devaulx de Crozo. — De Disimieu, déchiré. — Ant. de Gumin. — Guignard de Saint-Priest. — De Ponnat. 9 pièces.

174. — La Croix-Chevrières. — Des Monts-Savasse. — De Ponnat. — P. Perrinet des Franches. — Comte de Reviglasc de Veyne. — Abbaye de Saint Antoine de Viennois. — Vachon. — Vaulserre des Adrets. 9 pièces.

175. — Candy. — Cochard. — Galimbert. — Lenoir de Laroche. — Célestins de Romans. — E.-F. Sibour. — Etc. 8 étiquettes.

176. **FLANDRE**. Bidar (P.-A.), chanoine de Lille. Epreuve à toutes marges.

177. — Doucet (M.-R.), prêtre. Rare.

178. — Ruyant (De). Pièce ovale un peu endommagée.

179. — Bachelier fils. — Benoist de Bieswal, par *Vacheron*, 1769. — Boileux. — L.-T.-J. Bonnier. — M. Brisseau (2 différents). — Cleenewerck de Crayencour, par *Helman*, 1768. — Demasur. — J.-B. Descamps, par *Le Mire*. — A. de Dixmude (avant la devise). 10 pièces.

180. — Espiennes (L. d'). Fiévet. — P. Fizeaux fils. — De Flines. — Baron de Gattignies. — De Hénin de Cuvilliers. — Philippine Deroo. — N.-F. De Douay Du Prehedrez. — Honoré du Locron. — La Marck. 10 pièces.

181. — Le Prévost de Basserode. — S. Malfait, p. *Durig à Lille*. — Mertens. — Moreau de Bellaing. — O'Donnoghue de Niele. — Pinsot Darmand. — Pignatelli. — Rousseau Delaunois. — Albert Rouvroy. — Scherer. 10 pièces.

182. — Rouvroy (A.). — Surmont de Bersée. — Van Hove. —

N. Vansittart. — N.-O.-L. Vernimen. — D.-D. Vaucquier. — J.-D. De Wolff d'Ergy. — Taverne de Nièpe. — J.-B. Potteau. — M. Lebon. — Quecq de Burgault, 11 pièces dont 4 étiquettes.

183. **FRANCHE-COMTÉ**. Barberot d'Autel (Emm.), par *Guillot*. — Baulard d'Angirey. — Chevalier de Cressia, par *Striedbeck*. — M. J.-E. Faivre du Bouvot. — D'Hyenville. — Madame de Girangy. — Le Bas de Clévans. — De Novillars. — Tarin. — Lud. Vacher, par *Monier*, 1768. 10 pièces.

184. — Anthoine (J.-B. d'). — Bévalet. — Baulard d'Angirey. — Bourgeois de Boynes. — A.-J. de Camus de Filain, 1799. — Choiseul. — Mareschal. — C. Masson d'Antume. — De Novillars. 9 pièces.

185. — Grands-Carmes de Besançon. — De Choiseul. — Droz, par *Micaud*. — Fr.-J. Dunod. — D. de Gay de Marnoz. — Hugon. — Maire de Bouligney. — De Novillars. — Chevalier de Poligny. 9 pièces.

186. — Bry (Jean de). — St Derey. — M.-J.-E. Faivre du Bouvot. — J.-G. Flavigny. — F. Jaeger. — César de St-Alexandre et Alexandre de St-César, à Besançon. — P.-C. Marchant. — De Raze. 8 pièces typographiées.

187. **GUYENNE**. Musée de Bordeaux, gravé par *Pallière*. Jolie et curieuse pièce du début de la Révolution.

Voir la reproduction page 19.

188. — Michel, par *Pallière*.

189. — Banne d'Avejan. — Cazenove. — Fabry d'Augé, 2 variantes. — Duc de La Force, super-libris. — Montesquiou. — De Thilorier, par *A. Lavan*. — 7 pièces.

190. — Barbançon (Le comte de). — Boudon de Saint-Amand, 2 var. — Chevalier de Lacalprenède. — Esparbès de Lussan. — A. de Lamothe. — J. Merlet. — De Polier. — Ruau du Tronchet. — Sorberio. 10 pièces.

191. **ILE-DE-FRANCE**. Du Pré de Saint-Maur.

192. — *Bochart* (Elie). — J.-E. Bordier. — Boula de Nanteuil. — Brochant du Breuil, par *Mathey*. — D.-J. Canclaux. — Delahaye des Fosses. — De L'Averdy accolé de De Vin, bibliothèque de Gambais. — Desligneris. — A.-M. Fr. de Paule de Dompierre d'Hormoy. — De Luynes (Dampierre). — L.-G. Gougenot. — Thierry de Ville d'Avray, par *Colinet*. 12 pièces.

193. — Glucq de Saint-Port. — Geuffrin. — Guibert. — Lallemant de Betz. — Leroy de Joinville. — G. Gougenot de Croissy. — Hénin de Cuvilliers. — Hennequin d'Ecquevilly. — Hocquart de Montfermeil. — Larcher. — Thierry de Villedavray, par *Colinet*. — Congrégation de la Mission de Versailles. 12 pièces.

194. — Hocquart de Montfermeil. — Lelarge d'Eaubonne. — Lesage, Ingénieur des P. et Ch. — Pihan de la Forest. — P.-L.-N. Meulan, bibl. d'Etioles. — Confrérie de Saint-Ouen, 1733. — Comte de Serans. — Talon. — Thierry de Villedavray. — Congrégation de Versailles. — Vion de Gaillon. 11 pièces.

N° 187 du Catalogue

195. **LANGUEDOC.** Baschi Comte de St-Estève, in-fol., le bas légèrement rogné.

196. — Bachi (Charles de), Marquis d'Aubais, 5 pièces différentes, deux signées *Scotin*.

197. — Bourbon-Malauze accolée de Maniban.
Voir reproduction page 25.

198. — Gosset de St-Clair, docteur médecin de la faculté de Montpellier. Très belle épreuve.

199. — Haguenot (Henri), professeur de médecine à Montpellier, 1687-1775.

200. — Montlaur-Murles (Charles de).

201. — Vienne (J.-T.-F. de), abbé de Bonne Fontaine, comte de Brioude. — J.-P.-L. de Podio, 1750. 2 pièces par *Roy*.

202. — Narbonne-Montholon. Epreuve tirée en vert, très rare. Narbonne-Chalus. 2 pièces.

203. — Auda de Montolieu. — De Fages, par *Péquet*. — De la Porte. — Comte de la Tourrette. — Nogaret, accolé de Blondel. — De St-Aurant, par *Tabert*. — Marquis de St-Maurice. — Alex. de Saumery, évêque de Rieux. 8 pièces.

204. — Astorg (J.-J.-M., Comte d'), par *M. F.* — C. P. de Becdelièvre, évêque de Nimes. — Comte Bisson. — Brochant du Lac, par *Maugein*. — Fr. Tr. de Cambon, par *Mercadier*. — Le même, pour in-4. — P.-L. de Carbon, par *Baour*. — De Coppens. — Daguin. — Daymar. 10 pièces dont une en réimpression.

205. — Dufau (Bernard). — Fajon. — Falquet de Planta. — Finot de Bellac. — Forton (réimpr.). — Du Faur de Cougerou. — Gaussen. — Granjan de la Croix. — J.-B. Grenier, par *Brandes* (réimpr.). — De Nicolay. 10 pièces.

206. — Baschi (Charles de), Marquis d'Aubais. — D'Héliot. — D'Huteau. — Johanne de la Carre de Saumery. — Joubert. — A.-F. de la Porte, évêque de Carcassonne. — De Laporte Lalanne, par *Oblin Roquelay*. — De la Roquette. — J.-G. Laussat. — Maréchal de Lautrec (2 différents). — Polignac. 12 pièces.

207. — Marianne (Ant.). — Comte de Monlaur. — Loge St-Jean à l'Orient de Montpellier. — Narbonne-Chalus. — D.-P. Nicolay. — André Ollivier. — Polignac. — Poulhariez. — J.-J. de Saint Rome-Gualy, évêque de Carcassonne. 9 pièces.

208. — Quiqueran de Beaujeu, évêque de Castres. — Rieu. — De Rochemore. — B.-G. Rolland. — Séguier, par C. *Gaucher*. — A.-G. Vichet. — De Villemur (2 différents). — Villeneuve d'Arifat. — J. Xaupi. 10 pièces.

209. — Abondance (R. D. P.). — Bonnier-Duplouich. — Me A. de Brancas. — A.-H. Dampmartin, 1775 (3 différents). — Séminaire de Carcassonne. — Général Mathieu Dumas. — D. Rollet. — De Thomas-Lavalette. — Vidal. — J.-B. Viguier. 12 étiquettes typographiées.

210. **LORRAINE.** Blouet de Camilly (Fr.), évêque et comte de Toul. Gravé sur bois.

211. — Contencin. — S.Mollevaut. — Riston. 3 pièces par *Collin*.

212. — Henry (G.), par *F. Huot*.

213. — Laflize (D.), Maître en chirurgie à Nancy. — R. Willemet, Maître apothicaire à Nancy. 2 pièces gr. par *Collin*.

214. — La Porte (Abbé de), né à Belfort en 1718.

215. — Marsan (Ch.-L. de Lorraine, Prince de), in-8.

216. — Le même.

217. — Sainte-Marie-Majeur (Abbaye de) à Pont-à-Mousson, par *Nicole à Nancy*, 1751. Epreuve à toutes marges.

218. — Des Armoises (Marquise). — Prince de Beauveau. — Abbé Beurard, gravé par *Zapouraph*. — Broussel de Neuville. — Duc du Chatelet. — Chevalier d'Enfrenel. — Armant Chevallié. — Choiseul. — Doger de Spéville. — Drouas de Boussey. 10 pièces.

219. — Chevalier d'Enfrenel. — Abbaye d'Estival, 1755, par *Nicole*. — François de Neufchateau. — Henrion, par *Cl. Roy*, 2 états. — Jehannot de Beaumont, par *Allin*. — La Cour. — Eglise primatialle de Lorraine, par *Nicole* (réimpr.). — Comte de Mérigny. — Des Pilliers. — Marquise de Sprincourt. 11 pièces.

220. — Pilliers (Des). — Jean-Antoine Philippe. — Jean-Baptiste Philippe. — De Pimodan, par *Rose*. — Prince de Pons. — Roederer. — Thiry, p. *Lambert*. — M. de Vidampierre. — Villiez, par son fils. — Baron de Vincent. 10 pièces.

221. — Blouet de Camilly. — M. d'Arbois. — Madame de Beauvau. — Baron de Gérando. — Girardin, etc., 11 étiquettes.

222. **LYONNAIS**. Adamoli (Pierre), in-8.

223. — Chateau-Neuf de Rocheronne, in-12, en rond.

224. — Perier (Fr.-Lud.-Jos.).

225. — Raphael (J.-F.), maître chirurgien de Lyon.

226. — Saunier du Lac. — Saunier du Lac de La Tour. 2 pièces impr. en vert.

227. — Barnier (Ph.-Em.). — Basset de Chateaubourg. — Bénéon de Riverie. — Cellier. — Chanorier. — L. Charrier de La Roche, évêque de Versailles. — De Collonge. — De Fleurieu, 2 diff. — Claret de la Tourrette. 10 pièces.

228. — Clavière (L.), 1769. — De Cuzieu, 2 diff. — Dugad. — F.-J. Escalle. — A.-N. Gavinet. — A. Gonon de St-Fresne. — Les Carmes de Lyon. — B.-J. Macors. — De Meaux. — J. Steinman. 10 pièces.

229. — Michon (Léonard). — Michon de Vougy. — Morel d'Espeisses. — Mouton Fontenille. — C. Neyrat. — De Pontsainpierre. — Cl. Rivérieulx de Varax. — Sauzay, avocat. — J. Steinman. — Thomé. — De Viry. 11 pièces.

230. — Duguet. — Gavinet, pharmacien. — Laforest. — Suchet, duc d'Albufera. — Etc. 19 étiquettes typographiées.

231. **MAINE**. Billiard de Charenton (G.-N.). — Cl.-Ant.-L. Mar-

quis de Champagné. — Chesneau. — Marquis de Dollon. — J.-B. de Fouquet. — Héliand d'Ampoigné. — Hérisson de Villiers. 7 pièces.

232. — Jamart (J.-Fr.), 2 variantes. — Lemarié. — J.-B.-H.-M. Le Prince, au Mans. — Le Tellier de Courtanvaux. — De Maridort, par *Chabany*. — Negrier de la Crochardière. — De Neveu. 8 pièces.

233. **NIVERNAIS.** Damas (Comtesse de). — Flamen d'Assigny. — Des Granges. — Comte de Langeron. — Abbé René Pucelle, par *Tardieu fils*. — Lucenay, par *Roy*. 6 pièces.

234. **ORLÉANAIS.** Du Temple.

235. — Le Vassor de La Touche, gravé par *C.-N. Cochin*, d'après *I. Ingram*.

236. — Marescot de Challay.

237. — Aligre. — Bizemont. — Bouvard de Fourqueux. — Brochet de Saint-Prest. — Desligneris. — L'abbé Desmaretz, par *Chevalier*. — Huet de Froberville (réimpression). — Lavoisier, par *De La Gardette*. — Le Pellerin de Gauville, accolé de Le Gendre d'Armény. — N.-G. de Paris, év. d'Orléans, 1733. — Perrin de Cypierre. — de Rochambeau. — Séguier, par *Branche*. — A.-F. Chevalier de Tascher. 15 pièces.

238. — De Sausin, évêque de Blois. — Huet de Froberville. — Moutier. — Pataud. — De la Place de Mont-Evray. 5 étiquettes.

239. **NORMANDIE.** Des Champs des Tournelles (Louis), par *Moreau*.

240. — Le Normant (Jean), Evêque d'Evreux, in-8 et in-4, 2 pièces.

241. — Le Pelletier de Martinville, par *François*, in-16 en largeur.

242. — Ancelot. — Asselin. — De Bailleul, par *Campion*. — MM. Belain, par *Godard*, d'Alençon. — Boudier, curé d'Azeville. — Jubert de Bouville. — Chevalier Busquet. — Bigot accolé du Hamel. — Chef d'hostel, par *Gouël*. 9 pièces.

243. — Carantilly (De). — L.-F. du Chemin, sgr de la Tour (armoirie écarletée de Jeanne d'Arc). — Martin Foache. — De Quintanadoine de Bosc-Guérard. 4 pièces.

244. — Du Chemin de La Tour. — Clément. — Asselin. — Bigot, accolé du Hamel. — Chapais, 3 variantes. — Costard de Bursard, 1774. — Comtesse des Courtils, par *Boudin*. — Asselin de Crèvecœur. 10 pièces.

245. — De Caquelon. — Deschamps de St-Amand. — Deshayes de Forval. — J.-J.-Ph. Dudouet. — Abbé Fauvel. — Le Bouyer de Fontenelle. — N.-J. Foucault, 2 formats. — B.-H. de Fourcy. — J. Gaillard. 10 pièces (deux réparées).

246. — Fauvel. — De Goderville. — J. Gosselin. — Gravelle de Fontaine. — J.-L.-A. de Gressent. — G.-H. Haillet du Fossé. — J.-C. Héron. — D'Houdemare, par *Gouël*. — Daniel Huet, évêque d'Avranches. — Jubert du Thil. 9 pièces.

247. — Haillet du Fossé (G.-A.). — D'Houdemare, par *Gouël*. — P. D. Huet, év. d'Avranches. — La Borde d'Hyberville. — De La Cour Bas-le-Roy. — Marquis de Balleroy. — De La Luzerne. — De La Ménardière. — Languedor, Marquis de Bec-Thomas. — Leblanc, évêque d'Avranches. 10 pièces.

248. — Le Bourg, 2 états. — Le Bouyer. — Le Conte de Nonant. — A.-L. Le Couteulx. — Comte Le Couteulx-Canteleu. — Le Couteulx. — Le Peigné d'Oumesnil. — Le Roux d'Esneval. — Le Commissaire Le Seigneur. 10 pièces.

249. — Le Peigné d'Oumesnil. — Le Texier d'Hautefeuille. — Le Veneur de Tilières. — De Lyvet d'Arantot. — Marescot, chanoine de Rouen, par *Duplessis*. — A.-L.-E. Midy de la Grainerais, par *D. Jacques*. — Le Président de Motteville. — Mouchard. — De La Niepce d'Anneville. — C.-L.-F. Perchel, par *Gouël*. 10 pièces.

250. — Lyvet d'Arantot. — L.-E. Midy, par *Gouël*. — Casimir de Persan. — J.-B. Pinel. — B. Pontus. — Marquis du Quesnoy. — J.-F. Quillebeuf, sgr de Bethencourt et de Canteleu, par *Gouël*. — J.-Fr. du Resnel, abbé de Sept-Fontaines. — Robethon. — Th.-G.-L. de Roncherolles. 10 p.

251 — Robethon. — Grégoire de Rumare de Sainte-Beuve. — B. Turgot, évêque de Séez, 1717. — Vasse (le nom gratté). — Marquis de Vrigny. 6 pièces.

252. — Spencer-Smith. — Despaux. — Cherfils. — Hue du Taillis. — Huet de froberville. — Etc. 15 étiquettes.

253. **PARIS**. Académie de Saint-Luc.

254. — Barbaly (De), conseiller au Parlement.

255. — Congrégation des Prêtres de la Mission ou Lazaristes.
Voir la reproduction sur le titre du catalogue.

256. — Coqueley de Chaussepierre.

257. — Gourgue (De), Maître des Requestes, in-8.

258. — Hugo de Spitzemberg (mêmes armes que s'attribuait Victor Hugo).

259. — Launey (Ch. de), Officier aux Gardes Françoises.

260. — Le Leu (Pierre), conseiller à la Chambre des Comptes de Paris.

261. — Couvent de Saint-Lazare. 2 pièces gravées sur bois.

262. — Sauvion (J.-Ch. de), président à la Cour des Aydes de Paris.

263. — Ameline de Quincy. — Madame d'Arconville, par *Eisen*. — Voyez d'Argenson, 2 variantes. — J.-Th. Aubry, curé de Saint-Louis-en-l'Ile. — J. Barré. — J.-G.-R. Boscheron, par *Berthault*, 1777. — Bramand, le nom gratté. — Bronod. — Champcenetz. 10 pièces.

264. — Barré, 1757. — Bramand. — Ant. Chevalier. — J.-D. Cochin, curé de Saint-Jacques du Haut-Pas. — Collin; 2 diff. — C.-J.-L. Coquereau, médecin. — Cousin, procureur général des requestes. — J. Cristel, marchand cartier. — Delamarre. 10 pièces.

265. — Des Tables. — J.-C. Dezauche. — A.-F. Doyen, 2 différents. — Estienne de Sainte-Colombe. — F.-G. Bouché d'Urmont. — M. d'Héricourt. — Alexandre d'Hermand, Ingénieur du Roy. — Jaillot. — D. Langlois, citoyen de Paris. 10 pièces.

266. — Doyen (P.). — Delaleu, par *F. Montulay*. — Lemoine, instituteur de la jeune Noblesse. — L. Pelletier de Saint-Fargeau. — Marié de Toulle. — C.-G. Mariette. — E. Martin, par *Stallin fils*. — L. Maton de la Varenne. — L. Millin de Gandmaison. 10 pièces.

267. — Le Pelletier de Saint-Fargeau. — Mittifeu. — P.-A. de Mohr. — Moreau d'Hémery, par *Moreau*. — Moriceau, auditeur des comptes. — Parat de Chalandray. — J.-B.-J. Parent (déchiré). — J.-L. Robillard, par *L.-G. Geissler*. — Henry du Rosnel. — L'abbé d'Orléans de Rothelin. 10 pièces dont deux réimpr.

268. — Moreau d'Hemery, par *Moreau le jeune*. — Confrérie de Saint-Ouen, par *Stallin fils*. — Saulot de Bospin, Fermier Général. — D. Fr. Secousse, 2 var. — Fr. R. Secousse. — P. Trudon du Tilleuil. — J.-O. Vallée, par *Beaumont*. — P.-S. Vallon. — De Vaucresson, par *Beaumont*. 10 pièces.

269. — Harlay (Achille de). — Abbé Sicard. — Des angins de Sainte-Marthe. — Etc. 13 étiquettes.

270. **PICARDIE**. — Carvoisin (Le Comte de), variante rare.

271. — Drouyn de Lhuys. Epreuve à toutes marges.

272. — Pingré (D. J.-B.), chanoine à Amiens, né en cette ville en 1688, 2 épreuves. — Em.-Ant. Pingré. 3 pièces.

273. — Dubois de Courval. — Ch.-Th. Larcher de Péronne, 1761. — De Metz. — D.-A. Titon d'Ogery. 4 pièces.

274. — Allard du Bourget. — A.-R. Bignon. — Comte de Billy. — De Broglie, évêque de Noyon. — M. de Camelin. — Comte Charpentier. — Albert d'Ailly duc de Chaulnes. — Cottin de Fontaine, par *Guillaume*. — H.-D. Cottin. — Desains. 10 pièces dont une étiquette.

275. — Armancy (D. D'). — Cottin de Fontaine, par *Guillaume*. — Dumoustier de Vastre, accolé Cottin. — J.-B.-L.-J. Desaint.

— Nic., Marquis *du Fresnoy*. — Guillebon de Neuilly. — D'Héricourt. — Hibon de Mervoy. — Le Boucher de Richemont. — J.-B. L'Ecuy. 10 pièces.

276. — Le Febvre du Grosrier. — Duc de Liancourt. — Du Liège. — De Longvilliers. — D.-Fr.-G. Mareschal. — Mennesson. — D. J. B. Ozanne. — Palissot d'Athies. — Petyst de Morcourt. 9 pièces dont une étiquette.

277. — Poulletier. — D. Roussel. — Roquencourt. — Saint-Pol. — Marquis de Saisseval, par *Traiteur*, 1772. — De Sartines. — Titon de Villotran. — Abbaye de Valloires, par *Mathey*. 8 pièces.

N° 197 du Catalogue.

278. **POITOU.** Luzignem (Comte de), par *Beugnot*, 1769. — Prévot de La Trimouille. — Séminaire de Saint-Charles de Poitiers, gravé sur bois par *Papillon*, 1771. — Richelieu. — Saint-Georges de Vérac. 5 pièces.

279. **PROVENCE.** Boulbon (Comte de).

280. — Catelin (J.-B.), ovale, à toutes marges. — A.-B. Catelin, né à Marseille en 1746. 2 pièces.

281. — Fortia (Marquis de), par *Maurisset*. — Comte de Fortia. — Marquis de Fortia (2 différents). — Comte de Fortia d'Urban. 8 pièces dont 4 étiquettes typographiées.

282. — Larguier (M. l'avocat). — D.-G.-H. Larguier. 2 pièces.

283. — Martelli. Rare.

284. — Séminaire d'Aix. — Arbanère. — Aymard. — Barlatier de Mas. — Bellaud. — Brancas-Céreste. — J.-M. de Catellan. — Badts de Cugnac (2 différents). — Abbé Gazzera. 10 pièces.

285. — Andrée (Baron d'). — Marquis de Barbeyrac de Saint-Maurice. — De Bellaud. — Comte de Forcalquier. — De Burle. — Gassendi. — Grille d'Estoublon, 1737. — Le Blanc de Castillon. — Pitton de Tournefort. 9 pièces.

286. — Barlatier de Mas. — De Gérente de Senas. — De Giraud. — Grasset. — Hurson. — De Jarente. — A.-B. Lanau. — Lejourdan. — Marquis de Lieuron. — Michel de Léon. — Moulinneuf, gravé par lui-même. 11 pièces.

287. — Lordonet (L.-A.-H. de). — Marin. — Cardinal Maury. — Michel de Léon. — Moulinneuf. — A.-Al. Normandeau. — Al. Férréol Perrin de Sanson. — De Sainte-Marguerite. — De Soissan l'aîné. — L.-F. de Villeneuve. — Bargemont. — Etc. 11 pièces.

288. — Bruéry (Em.). — Duchesse de Céreste. — Ch. Cottier (7 différents). — D. Galvano, évêque de Nice. — L.-C.-D. Rolandin. — J. Ventre. 12 étiquettes typographiées.

289. **QUERCY et PÉRIGORD.** Bayle (J.-Ch.) fils. — Léonard du Cluzel. — Du Pont d'Esplas. — Durfort. — J.-F. La Cropte de Bourzac. 5 pièces dont une étiquette.

290. **SAINTONGE-ANGOUMOIS.** Arnauld-De-Chesne (J.-N.). — Fr.-H. Harouard de Saint-Sornin. — P.-E.-L. Harouard de La Jarne. — Fr.-H. de Roye de Larochefoucault. — Fr. Mouchard. — Abbaye de Tard. 6 pièces.

291. **SAVOIE.** Costa de Beauregard. — L. Marquis de Conzié. — — P.-L. Filliard, avocat au sénat de Savoye, par *Féron*. — De Maistre. — Comte Saluces de Menusi. 5 pièces.

292. **TOURAINE.** Le Nain (Jean), par H. *Vallet*, 1716. Rare.

293. — Baudelot de Rouvray (Nicolas-Jean) par *Corlet*, 2 pièces. — De Cangey. — De La Roche-Daen, par *Brenet*, 1752. — Mathe. — Papion de Tours. 6 pièces.

294. **PROVINCES DIVERSES.** Amyot (Du Cabinet de Mr Go-Fs).

295. Borthon de Letang (De). Rare.

296. Duval de L'Epinoy (Louis), sécrétaire du Roi. Gravé par *Coutellier*.

297. Gaime (F.-S.-A.), gr. par *Pariset*.

298. Grognard (François).
Voir reproduction, page 27.

299. Huot (J.), gravé par *F. Huot*.
Voir reproduction, page 28.

300. Jullien, Procureur général des Eaux-et-Forests de France.

301. Laumonier (Le Commissaire), gravé par *A. Docaigne*, 1762.

302. Le Noir (Isac-Nicolas), 2 formats.

303. Lorme (De), gentilhomme ordinaire du Roy, par *E. Stallin*.

304. Maritz de La Barollière.

305. Mignon (D.), ovale en largeur.

306. Milet (Claude-François).

307. Orléans (Louis-Philippe d'), étiquette gravée qui était collée aux cartes géographiques.

N° 298 du Catalogue.

308. Perrichon de Vandeuil (E.-G.), 2 variantes, une datée 1751.

309. Perrin de Monthéron.

310. Savalette de Buchelet.

311. Salmon de Maison-Rouge. Epreuve à toutes marges.

312. Tronchin (Jean-Armand), par *P.-P. Choffard*, 1779.

313. Aine (M. j. B. d'), par *P.-L. Cor.* — Antoine Archinto. — D'Assenoy. — P. Audoy. — Ch. d'Augy. — A.-D. Baizé. — L.-B. Barbier, abbé de Moustier-Neuf. — Ch. de Baschi, marquis d'Aubais. — J.-L. Béraud. — Bernard, par Dupuy fils, épreuve séparée. 11 pièces.

N° 299 du Catalogue.

314. Bertuch (F.-I.). — Comte de Boizé, par *L. Legrand.* — F. Bonnay. — Bourlier, l'aîné, 1750. — J.-B.-H. Bretin, avocat. — Caffarelli. — De Cailly. — P.-P. Cannac, 2 var. — De Célon, 10 pièces.

315. Bois de Saint-Hilaire (Du). — C. de Bonnaire. — Contrastin de Carlan. — Chevalier Faure. — De Fay Massuray, par *F.-P. Ijolin.* — Michel Henry Ferrand. — De Lacour. — De La Guillaumye. — J. de La Salle St-Bois. — Malmendier de Malmedye. — J.-B. Martin. — Jean Maystre. — J.-J. Melizet. — Musnier. — Revillon. — Georges Roffavier. — Desart de Prémont. — X. De Sol. — V. De Saint-Pierre. — Toullet de Maison, par *Louise du Vivier-Tardieu.* Tramblay de Belleverne. — De Vauléar. — Edouard Witel, instituteur. 23 pièces.

316. Cerf-Beer (Théodore). — J. Chavane. — Chevillard, par *Neveu*, en rouge. — Constantin. — Antoine Cormond. —

P.-M. Curty. — Darry. — Delattre. — Delaulnaye. — Delœr. 10 pièces.

317. Denis (D.). — Deschamps. — Develle de Villette. — Dubois. — J. F. J. Dumont. — Dupuy. — Du Puy. — F. Durand. — Falquet de Planta. — Fontanellati. 10 pièces.

318. Frougas. — N.-R. Frizon de Blamont, 1704. — J. Godard. — Grasset. — J.-G. Guymonneau. — Hardy. — Hautefort de Béringhen. — P. Jacquinet. — Jolly. — Josse. 10 pièces.

319. Jourdan de l'Etoile. — Lacoche, ingénieur ord. du Roy. — La Fenestre. — Lagoutte, avocat (les prénoms grattés). — Cl.-N. Lalaure. — La Londe. — C. Le Blanc. — P.-J.-G. Le Febvre. — P.-N. Le Prince. — D.-D.-M. Lesueur, 1807. 10 pièces.

320. Le Tors de Chessimont (E.- P.), 2 épreuves. — Le Vacher du Plessis, 2 formats. — De Long. — Louis le fils. — Maillard. — Marié de Toulle, 2 variantes. — Benoit Marsollier des Vivettières. 10 pièces.

321. Martin de la Bastide (J.-B.). — D. de Maussabré (rogné). — Maynon de Farcheville. — Messier, 1782. — J. Molinier. — De Montfleury. — Duc de Montmorency. — D. Ch. Odier. — Odile, 2 variantes. 10 pièces.

322. — Petitot. — C.-F. Picart. — J.-J. Pinseau de la Ménardière. — Pochet. — Raymond de Pringy. — De Reuve. — Richard, par *Belloty*. — Robilliard. — Henry du Rosnel. — Roux. 10 pièces.

323. Sartines. — Saussaye. — Silva, maître des Requêtes. — Syette de Villette. — D.-H.-G. Thibault. — De Thélin. — Abbé Thirion. — J.-B. Valentin, avocat. — De Valentin, Baron du Plantier. — Abbé Van Mols. — De Verthamon. 11 pièces.

324. Varlet (Marie), évêque de Babylone. — Vaucresson de Cormainville, 1743, par *Beaumont*. — De Verthamon. — De Veimerange. — De Villiers. — P.-N. Vingtdeux. — De Vroé. — Deux anonymes avec les devises : *Ex delectis copia e Tacendo Loquintur*. 9 pièces.

325. Le Sieur. — J.-F. Macau. — N. Malot. — N. Multz. — V. Petit. — F. Pigeau. — Thouvenin. — Anonymes. 28 pièces avec initiales entrelacées.

326. **Anonymes héraldiques**. 14 pièces.

327. **Etiquettes**, la plupart avec encadrements typographiques, 90 pièces.

328. **Réimpressions**, ex-libris douteux, armoiries, etc. 21 pièces.

329. **Dames**. Arenberg (S. A. S. Madame la Duchesse d'), par *A. Cardon*.

330. — Victoire de France (Madame), par *C. Baron.*

331. — Broglie (Marquise de), née Besenval. — Marquises de Pons. — Comtesse de Preysing. — Vicomtesse H. de Ségur. — Comtesse de Thuisy. — Madame de joannis. — Mlle de Montenay, 7 pièces, dont 3 étiquettes.

332. **Médecins.** Faciot (J.-A.), in-16, rogné; signé *Savoye.* Rare.

333. — P. Boyveau-Laffecteur. — H.-Th. Baron. — L.-Cl. Cadet. — J.-M.-A. Corréard. — I.-B. Gastaldy. — J.-Ph. Grumet. — Ledru-Rollin. — J.-J.-Ph. Ledru. — Rapon. — H.-J. Rega, 10 pièces.

334. — Baron (Hy.-Th.). — Cadet. — Duval. — F.-F. D Hervillez. — D. Morand. — E.-F. Nolte. — Rega. — Fr. Petit. — F. Routy. — Th.-R. Sauvage. 10 pièces.

335. — Degruson (J.-B.-J.). — Dumarais-Noel. — André Bello. — P. Bourgeois. — Brion. — Buisson. — Récamier. — J.-B.-J. Roustan. — P.-Fr. Du Val. — J. Le Boyer. 11 étiquettes typographiées.

336. **Militaires.** De Cailly, commissaire des guerres. Etiquette gravée ornée d'attributs militaires.

337. — Ferrand de Fontorte, ancien officier de cavalerie.

338. — Courten (Comte de), par *Brupacher*, 1773. — De Gannes-Montdidier. — Garobuau (Adjudant général). — Le colonel Hulot. — Jourgniac, colonel d'infanterie. — Mazurier. — Morlaincourt, maréchal de camp. — G. de Reynold, capitaine aux gardes suisses, par *Strielbeck.* — Le colonel de St-Joseph. — H.-J. de Saulcy. — Baron de Sevères, page du Roy, 1770. 11 pièces dont 4 étiquettes.

XIXe SIÈCLE

339. **ALSACE.** Dr Droit, par *J. Wagrez.* — Katzner. — Melh. — A. Raess. — Etc. 32 pièces.

340. **ANJOU.** Chevalier d'Achon. — F. de Brossard. — Marquis de Varennes. — Mgr d'Hulst. — Etc. 13 pièces.

341. **ARTOIS,** 13 pièces.

342. **AUVERGNE.** P. C. A. Bellaigue de Bughas. — Baron de Nerva. — D'Orcet. — Tardieu. — Marquis de Valadous. — Etc. 34 pièces.

343. **BERRI.** A. Balsan. — Cadier de Vausse. — Duris du Fresne. — Etc. 10 pièces.

344. **BOURBONNAIS.** 4 pièces.

345. **BOURGOGNE.** Bouché, par *A. Taiée.* — Chabeuf. — F. Duris, par *E. Desportes.* — Martineau des Chesnez. — Mgr Per

RAUD. — RÉVÉREND DU MESNIL. — ORDRE DES AVOCATS DE DIJON. — Etc. 75 pièces.

346. **BRETAGNE**. D'ANDRE. — L. BRIANT DE LAUBRIÈRE. — P. DU BREIL DE PONTBRIAND. — DE COETGUEN. — Comte DE CORBIÈRES. — Comte LANJUINAIS. — LESQUIEN, évêque de Rennes. — LE PELLETIER DE ST-RÉMY. — Etc. 44 pièces.

N° 347 du Catalogue.

347. **CHAMPAGNE**. E. BAUDIER DE VILLE. — CHANDON DE MORDANT. — A. DAUPHINOT, par *M. Leloir*. — REGNARD DE LAGNY. — E. LEMAITRE, par *A. Lalauze* (Voir reproduction ci-dessus). — Etc. 27 pièces.

348. — J. BOURGEOIS, par *A. Varin*. — DION DE RICQUEBOURG. — E. LEMAIRE, par *A. Lalauze*. — Etc. 30 pièces.

349. **DAUPHINÉ**. Comte CALVET-ROGNIAT. — DU VINIER. — DE LA MAZELIÈRE. — DE MONTALIVET. — H. DE QUINSONAS. — D. DE ROMAND. — Alexis DE SAINT-PRIEST. — Etc. 21 pièces.

350. **FLANDRE**. DU CHAMBGE DE LIESSART. — P. d'HAUREGARD. — Aimé LEROY, 3 diff. — A. DE NORGUET. — A. QUENSON. — Juliette DE ROBERSART. — VAN DER HELLE. — Etc. 44 pièces.

351. **FRANCHE-COMTÉ**. Alfred BOVET, par *Stern*. — E. CHAPUIS, par *Lalauze*. — Lucien DORBON, par *Monchallon*. — DORBON Aîné, eau-forte par *Robida*. — J. DE GRAND'COMBES. — X. DE JAVEL, 2 diff. — E. DE GRIVEL. — L. DE LA TOUR DE ST-LUPICIN. — ROY. — Missionnaires du Diocèse de ST-CLAUDE. — VARIN D'AINVELLE. 12 pièces.

352. — BOURGON (Alfred). — Comte DE BUREY, 2 diff. — DE CHOISEUL. — Général PAJOL. — DE POINCTES-GEVIGNEY, 2 diff. — Etc. 22 pièces.

353. **GUYENNE**. D'Anglade. — Comte de Bastard. — Ch. Burguet. — Duc de Caylus. — Mgr Double. — Froidefond-Florian. — Lafont de Ladébat. — J. Laffitte. — R. de Lubersac. — Miotte de Ravannes. — Vicomte de Pelleport. — Etc. 55 pièces.

354. **ILE-DE-FRANCE**. Duchesse de Berry. — Camille Doucet. — Gerbé de Thoré. — H. Le Charpentier, eau-forte par Ch. Fichot. — Pellerin de Latouche par *Giraldon*. — Etc. 21 pièces.

355. **LANGUEDOC**. S. de Bondemange. — H. de Castries. — Baron de Ganjal. — Th. Gautier, par *A. Bouvenne*. — Guérin-Séguier. — Marquis de Miramont. — Mornay-Soult. — Comtesse de Noé, par *A. Bouvenne*. 8 pièces.

356. **LANGUEDOC**. Berryer. — Farjon de Besson. — Ch.-L. Frossard. — Chevalier Quérilhac. — Soubeyran de St-Prix. — L'évêque de Viviers. — Yzarn de Freissinet. — Etc. 50 pièces.

357. **LIMOUSIN**. Duc des Cars. — Comte S. d'Imécourt. — Maréchal Jourdan. — Noailles. — L. de Ségur. — Etc. 11 pièces.

358. **LORRAINE**. Beaupré. — Jean Didelot. — Grandjean-d'Alteville. — C.-E. Thiéry, 2 diff. — L. Wiéner. 6 pièces gravées par *Thiéry*.

359. — Guyot de St-Rémy. — Marquis d'Imecourt. — Baron de La Lance. — Comte A. de Mahuet, par *A. Monnier*. — Mollevault. — O'Gorman, par *Agry*. — Comte de Nettancourt-Vaubécourt. — Baron Alfred de Ravinel. — Rozières. — Soyer-Willemet. — Etc. 74 pièces.

360. — A. Benoit, par *A. Bouvenne*. — Comte de Bizemont. — Comte de Boury, par *Noël*. — Regnier, duc de Massa. — Feuillette. — Nettancourt-Vaubécourt. — — René Wiener. — Etc. 74 pièces.

361. **LYONNAIS-FOREZ**. Boscary de Villeplaine. — A. Brolemann, par *A. Patricot, à Lyon*, 2 var. — Duc de Cadore. — Château de Chazey. — J. Clare. — Morand de Jouffrey. — Yemeniz. — Etc. 54 pièces.

362. **NORMANDIE**. Belhomme de Franqueville. — Emm. Blanche, par *Adeline*. — De Broglie. — Doublet de Persan. — Grandin de l'Éprevier. — Paul Romet, par *Lebègue*. — Semallé de La Gastine. — Spencer Smith. — Etc. 51 pièces.

363. — De Bérenger. — Le Brun de Neuville. — Julien Loth, par *Adeline*. — Marescot. — Marquis de Mathan. — D'Osmond. — Ed. Pelay. — Thomas, archevêque de Rouen. — Etc. 52 pièces.

364. **MAINE**. 9 pièces.

365. **NIVERNAIS**. 5 pièces.

366. **ORLÉANAIS**. Comte DE BAILLON. — Philarète CHASLES. — E. DE ROZIÈRE. — TASCHER DE LAPAGERIE. — A. DEPRÉAUX. — Etc. 23 pièces.

367. **PARIS**. BEUVE. — BOURNON. — BOUVENNE. — J. COUSIN. —

N° 368 du Catalogue.

G. GEFFROY. — A. MARTIN. — SAPIN. — Maurice TOURNEUX. 8 pièces gravées à l'eau-forte par *A. Bouvenne.*

368 — ASSELINEAU. — MAINDRON. — E. et J. DE GONCOURT. — SARCEY. — M. SCHWOB (Voir reproduction ci-dessus). — Etc. 21 pièces par *Bracquemond, Boutet, Gavarni, Grandjouan, Vanteyne, Paul Avril, H. Somm, Chéret, Henry-André*, etc.

369. — MAILLARD (Léon). — RUGGIERI. — Marcel SCHWOB. — VIGEANT. — Etc. 20 pièces par *H. Boutet, Grandjouan, Demengeot, Benoit-Malo, Apoux, Giacomelli, Devambez*, etc.

370. — **Héraldiques,** 32 pièces.
371. — **Non héraldiques,** en noir et en couleurs, par divers artistes. 78 pièces.
372. — Autre lot de 73 pièces.
373. — **Etiquettes,** quelques-unes gravées, avec encadrement. 45 pièces.
374. **PICARDIE.** Ancelet. — Eudel. — De Billy. — A. Le François. — Vicomte de Louvencourt. — Alex. Sorel. — Etc. 50 pièces.
375. **POITOU.** Bernier de Maligny. — De Clervault. — Clouzot, par *De Rochebrune*. — Devezeau de Rancogne. — Ch.-Fr. Ferrand. — Comte J. de La Bébaudière. — Frotier, marquis de La Coste-Messelière par *Agry*. — Etc. 46 pièces.
376. **PROVENCE.** C.-W. de Bernardy. — Cadenet de Jessé-Cardeval. — Baron de Combret. — Baron de Coriolis. — Comte J.-M. Portalis. — M. Régis de La Colombière. — Robin de Barbentane. — Alph. Royer, par *Stern*. — L. Schuck. — J. de Terris St-Jaume. — Etc. 52 pièces.
377. **QUERCY-PÉRIGORD.** Léon Gambetta. — Vicomte de Gontaut. — L. Jouinot-Gambetta. — Marquis de Maleville. — Etc. 41 pièces.
378. **SAINTONGE-ANGOUMOIS.** Chasseloup-Laubat. — Baron de Croze. — La Rochefoucauld-Radzivill. — Babinet de Rencogne. — Martineau, par *Courboin*. — L.-P. Couraud, en couleurs. — Etc. 24 pièces.
379. **SAVOIE.** Pasquier. — De Maistre. — Couvent des Capucins de Chambéry. — Etc. 13 pièces.
380. **TOURAINE,** 21 pièces.
381. **PROVINCES DIVERSES. Dames,** 25 pièces.
382. — **Médecins,** 32 pièces.
383. — Autre lot de 32 pièces.
384. — **Militaires,** 22 pièces.
385. — 50 pièces héraldiques.
386. — Autre lot de 54 pièces héraldiques.
387. — Autre lot de 53 pièces héraldiques.
388. — Ex-libris à sujets divers, non héraldiques, 60 pièces.
389. — Autre lot de 60 pièces.
390. — Autre lot de 58 pièces.
391. — Ex-libris avec initiales entrelacées, monogrammes, etc., 84 pièces.
392. — Etiquettes la plupart avec encadrements typographiques, quelques-unes gravées, 92 pièces.
393. — Armoiries d'évêques, provenant de mandements, 28 pièces.

PAYS-BAS

XVIIIe SIÈCLE

394. Custis (Charles François).

395. Gottignies (Messire Lancelot Ignace Joseph, Baron de), in-16 et in-8, 2 pièces.

396. Van der Beken. Pièce in-4 signée *Ant. Opdebeck fecit Mechlin.* 1758.

397. Van Hultem (C.), gravé par *Jouvenel*, d'après *F.-T. Suys*. Intérieur de bibliothèque, in-16.

398. Zuylen de Culembourg, prieur des Sept-Fontaines. Gravé par *F. Harrewyn*, in-fol.

399. Alegambe (Comte d'), gravé par *F. Pilsen*. — Fr. de Bournonville. — Lopez de Ayala y Castro, par *P. Wauters*. — F. C. G., comte de Cuypers, grand format. — Fossoul, mambourg de la Cité de Liège. — Della Faille, par *F. Heylbrouck*. — Van der Hoeven. — Van Schouwen. — De Wellens, par *L. Fruytiers*. — Anonyme. 10 pièces.

400. Beauvais-Raseau. — J. A. de Blye. — A. Dirix. — G. J. de Servais, par *Harrewyn*. — Verdussen. — J. B. Vierlinck, par *Tiberghien*. 6 pièces.

401. Bie (De). — Borlut. — Marquis du Chasteler de Moulbais. — Charles de Graillet d'Oupeye. — Robin de Courtray, par *Tiberghien*. — Vleys de ten Doele. — Van Aldewerelt. — De Triest (Gand). — Verdussen. — J. Th. Wellens, par *L. Fruytiers*. 9 pièces.

402. Borlut (De). — Cano, Evêque d'Anvers. — J. Fr. Foppens. — Marquis de Gages. — A. de Wevelinchoven. — Corn. Henri A. Roy. — Sanders. — De Servais, par *Opdebeck*. — Jean Van den Male, échevin. 10 pièces.

403. Castro (Lopes de Ayala y), par *P. Wauters*. — Ch. de Graillet d'Oupeye. — Jaërens. — G. N. P. Hasselaer. — Meulenaere. — De Pollinchove. — Baron Charles de Stenglin. — J. Van Schinne. — De Vroé. — De Waernewyck, par *F. Heylbrouck*. — De Wynants, par *Harrewyn*. 11 pièces.

404. Castro, par *N. Heylbrouck*. — D. H. de Castro. — H. Ch. de Tiberchamps. — Van Damme. — Anonyme, devise : *Fortitudo juncta fidelitate*, signé *J. L. Wauters*. 5 pièces.

405. Du Parc de Locmaria. — Baron Van Leyden. — Borlut de Nortdonck. — P. T., par *F. Heylbrouck*. — Van Mols. — A. M. Vanderborght. — Van Walré, en rouge. — A. de Wevelinchoven, 2 variantes. 10 pièces.

406. Leubenigh (Barthélémy de). — Raye de Breukelerwaert. — Roukens. — Fr. Sluysskens. — Ch. Bon. Comte Vander Noot, in-4. — J. Fr. Van Eeckhoven. — J. Van Heurck. — Van Renningen. — Van Vlierder. — 4 anonymes héradiques. Ens. 13 pièces.

407. Alsace (Thomas, Cardinal d'). — F.-A. Bruynincx. — Costerius de Boschhoven. — Cuypers, par *R. Whitehand*, in-4 (légèrement rogné). — Gillès. — Ponthièvre de Berlaere. — Van Halmale. — Vaernewyck. — Anonyme. 9 pièces.

408. Caris. — De Flines, deux variantes, une signée *A. Lang*. — Michael abbas Bildhusensis, 1531. — De Nelis, Evêque d'Anvers, par *P. F. Tardieu*. — Van Duerem. — Anonyme, par *P. Naert à Bruges*. 8 pièces en réimpression. — Reproductions en zincogr., 6 pièces. Ens. 14 pièces.

409. **Etiquettes**, 37 pièces.

XIXe SIÈCLE

410. Bibliothèque du Roi. —Anselmi Vanden Bogaerde, curieuse pièce avec le portrait de ce bibliophile, par *J. Bevernaege à Audenarde*. Deux pièces lithogr. sur bristol glacé.

411. Almonte (J. Jara). — Comtesse de Bousies. — De Coussemaker, par *Ch. Onghena*. — Comte de Nédonchel. — Schoutheete. — De Witte. — Etc. 22 pièces héraldiques.

412. Bijsterbos. — Botta. — Comte de Bylandt. — Edmond Van Cruyce. — Smidt van Gelder. — Van Havre. — Etc. 44 pièces héraldiques.

413. Gottlob de Quandt. — Ch. de Hoffmann. — F. Van den Steen de Jehay. — J. A. van Dyk. — O. Van der Heyden. — Van der Taelen. — A. Ysebrant de Lendonck. — Etc. 23 pièces héraldiques.

414. Des Mottes. — Du Sart de Bouland. — Tyberchamps. — Naveau. — Etc. 25 pièces héraldiques.

415. Rassenfosse, 2 variantes, par *lui-même*. — Louis Bellemans. — A. Kas. — Benjamin Linnig, par *lui-même*. Ens. 6 pièces à l'eau-forte.

416. **Belgique**. Ex-libris non héraldiques, par divers artistes, tirages en noir et en couleurs, 42 pièces.

417. — Autre lot de 49 pièces.

418. — Autre lot de 105 pièces.

419. **Hollande**. Ex-libris non héraldiques la plupart de bibliophiles hollandais, 70 pièces.

ANGLETERRE

XVIIe ET XVIIIe SIÈCLES

420. Bostoch (Rich^d), médecin.

421. Davies (Robert) of Lannerch Denbighshire, XVIIe s.

422. Gason (W. F.), gr. par *W. Henshaw*.

423. Lumisden (An.). Charmante composition avec les bustes de Ciceron et Craig, gravée par *R. Strange*.

424. Pole (Reginald).

425. Sydenham (Sr Philip) Baronet. In-8.

426. Townley (Chas) Esqr Whitchall. Curieuse pièce représentant Minerve sur un haut piédestal.

427. Gage (Sir Thomas). *Engraved by Bartolozzi Lisbon* 1805.

428. Parsons and Galignani's British Library in Prose. Charmante composition dans le goût de Bartolozzi, par *I. P. Simon*.

429. Adams (Humphry). — Charles Earl of Ailesbury. — Earl of Ancram (gratté). — Annesley, Viscount Valentia. — East Aptahorp, 1761. — John Arabin. — Robert Arbuthnot. — Shukbrugh Ashby. — Rev. Rob. Ashe. — Chas Bedford. — Wm Bennet. — Whytt of Bennochy. 16 pièces.

430. Bentinck (John). — D. Birkett. — Blount de Devonshire. — Boullier. — Thomas Bowen. — Lord Bracco. — Richard Brakenbury, par *J. Oliphant*. — Bruce, 3 variantes. — John Calvert. — Lord Camden. — Etc. 16 pièces.

431. Fullerton of Carstain. — Chalmondeley. — Corh et Orrery, 3 variantes. — Marquis Cornwallis. — W. Cowper. — Quintin Craufurd. — Th. Dampier. — W. Dunlop. — Al. Dury. — Etc. 17 pièces.

432. Estcourt (F^s). — Francis Eyre. — George Fayiholme. — Francis Faugnier. — W. Fullerton. — Gallas, par *Polak*. — Carrington Garrick. — Gillingham, 1703. — D. Euke of Grafton, 1769. — Carteret Earl of Granvill. — W. Graves. — Joseph Grote. — Etc. 15 pièces.

433. Gillingham (Ed. Nic. Esqr of), 1703. — Montagu Dunck. — W. Hambury. — Handcock. — W. Nevil. — Dr Head. — P. von Hemert. — Wm Herbet. — J. Hesketh. — George Jennings. — Etc. 15 pièces.

434. Jocelyn (Rob.). — George Keate. — R. Kedington. — Benj. de la Fontaine. — Hungh. Lauton. — Thomas Bar-

rett. — Henry Le Mesurier. — Gamaliel Lloyd. — George Loch. — John Ludford. — Charles Lyddell. — Etc. 15 p.

435. Lee (Thomas Barrett of). — K. F. Mackenzie. — W. M. Thomas. — Lord Middleton. — Hugh Munro. — Nicolson. — W. Parsons. — Etc. 15 p.

436. Middleton (Lord). — Penrose. — Preston. — Putland. — John Rochfort. — John Rogers. — Etc. 15 pièces.

437. Preston. — Wm Symonds. — Thorongood. — Through. Raph. Turner. — W. Webber, gravé par *Cote* — Sam. Welles, Boston, 1808. — Etc. 18 p.

438. **Dames**. A. B. Cuff. — Miss Henniker. — N... née de Dillon. — Emma Waldegrave. 4 pièces.

439. **Anonymes**, la plupart avec devises, 14 pièces.

440. **Héraldiques**. Ex-libris armoriés de la première moitié du xixe siècle, 100 pièces.

441. — Autre lot de 100 pièces.

442. — Autre lot de 100 pièces.

443. — Autre lot de 100 pièces.

444. — Autre lot de 114 pièces.

445. **Héraldiques**. Ex-libris armoriés de la seconde moitié du xixe siècle, 106 pièces.

446. — Autre lot de 109 pièces.

447. **Ex-libris** dits **Crests**, 74 pièces.

448. — Autre lot de 80 pièces.

449. **Ex-libris** non héraldiques, par divers artistes, 72 pièces.

450. **Dames**. Ex-libris de dames bibliophiles, 21 pièces.

451. **Ecclésiastiques**. Ex-libris d'évêques, de bibliothèques paroissiales, etc., 16 pièces.

452. **Médecins**. 16 pièces dont 2 du xviiie siècle : Thomas Lloyd et J.-L. Petit.

453. **Militaires**. Ex-libris d'officiers, de bibliothèques régimentaires, du Royal Military Collège, etc., 11 pièces.

454. **Intérieurs de bibliothèques** et Ex-libris de biblioth. publiques. 13 pièces.

455. Ashbée (H. S). — Rothschild (E. L.). — Charles Rothschild. — Henry Sherburne. — John Singer. 7 pièces gravées par *C. W. Sherborn*, *E. D. French*, et d'après *Paul Avril*.

456. **Initiales entrelacées**, 29 pièces.

457. **Etiquettes**, 19 pièces, quelques-unes gravées avec encadrements.

ALLEMAGNE

XVIIe ET XVIIIe SIÈCLES

458. Bavière (Bibl. électorale du duc de Bavière), in-fol. (Warnecke, n° 1376).

459. Birckholtz (A. M. von), médecin. Curieux ex-libris avec signes cabalistiques (W. 209).
Voir reproduction ci-dessous.

N° 459 du Catalogue.

460. Cler (I. F. L. de), conseiller de l'Electeur de Cologne.
Non cité par Warnecke.

461. Cothenius, médecin. *F. C. Kruger del. et sc. Berols*, (W. 338).

462. Faistenberger (Ben. Juda Th. M.), Conseiller intime de l'Electeur de Bavière, 1726.
Non cité par Warnecke.

463. Fetzer von Buschschwabach. Jolie pièce in-8. Belle épreuve à grandes marges (W., 510).

464. Lützerode (L. B. de), par *J. F. Volckart*. Curieuse pièce avec paysage antique.

Non cité par Warnecke.

465. — Le même.

466. Senckenberg. Ad bibliothecam Instituti Medici Senckenbergiani (W. 2026).

467. Thurn und Valsasina (Fr. Chr. Joh. Frid. Fid. Ignaz Freyherr von).

Non cité par Warnecke.

468. Uffenbach (Zach. Conr. von). Intérieur de bibliothèque. *J. U. Kraus sculp.* Grand format (W. 2240).

469. Allikhoffen (Pfyffer von), en rouge. — Baron de Bartenstein. — J. J. H. de Battis. — Bénédictins d'Augsbourg. — J. G. Fr. Benz. — C. A. Beyer. — A. L. de Botticher. — Duc Fr. A. de Brunschwig-Oels, 2 formats. 10 pièces.

470. Braunschweig-Oels (Fr. Aug., Duc de). — J. H. Baron de Bulow. — J. G. J. de Kohausen de Buschendorf. — Chotek, 2 formats, l'un signé *J. Boehm.* — Clément Auguste, Duc de Bavière, gravé par *B. H. de Brockes*, 1760. — J. P. de Corres. — J. G. Baron de Collenbach. — P. L. B. de Reuva. — De Crignis. 10 pièces.

471. Custer (J. L.). — John Dautzenberg, en noir et en bleu. J. M. à Deuring. — Chanoines réguliers de Diessen. — J. A. Dietelmair. — Ch. Fr. Eberhard. — Bibliothèque électorale publique à Münich, par *Holtmann*. — Fr. A. de Brunschweig-Oels. 10 pièces.

472. Feverlein (J. C.). — Bibliotheca Fidalkiana. — Ign. Ant. Fugger in Kvickberg. — Baron de Furstenberg. — J. Ch. Gerning, par *Wicker*, 1779. — Gralath. — J. Fr. Haakh, en rouge. — J. J. Comte de Harrach. — Général major Hartmann. — J. Fr. Comte von Werthern, par *Wicker*. 10 p.

473. Hasselaer (G. N. P.). — Haussmann. — J. G. Helfferich. — P. P. Helmreich in Nurnberg. — Comte de Hessing. — Séb. Hoeggerus. — F. H. von Holstein Bech. — J. H. von Holtzhausen. — Aug. Holzschucher. — J. C. Feverlein. 10 pièces.

474. Hurter (Fridr.). — J. B. Ininger, de l'Ordre des Augustins. — Ch. Got. Jöcher, intérieur de bibliothèque. — Joseph abbas canoniae Neocellensis. — Kielmann. — M. Ch. Fraven Knecht. — J. Fr. Kuhn. — J. N. Landgraff. — Laurent Heister. 10 pièces.

475. Lehnemann (J. W.), par *Schnarper*. — C. B. Lengnich,

par *C. L. Crusius*, épreuve déchirée et réparée. — Comte LEPELL. — J. L. Baron DE LERCHENFELD. — J. B. I. VON LIGERTZ. — Bibl. LUDWIGIANA. — VON LUKACSICH. — J. J. LINCKER. — D. F. DU MEIZ. 10 pièces.

476. MEYER (Dr). — J. P. MILLER. — Ant. comte MOHR ZU BRIREN. — G. A. DE MONSTER. — N. Fr. VON MULINEN. — Jérôme DE MUNCHAUSEN. — Comte DE NEALE. — DE NUSS. — J. J. OBERHUCHER. — H. W. OCHS AB OCHTENSTEIN, par *Nicolai*. 10 pièces.

477. MULINEN (B. E. à), par *F. Lantz*. — And. Fel. ŒFELY, à Munich. — Ch. Frey und Pannier Herr Zu EGEH UND HUNGERSPACH. — G. PARTHEY. — L. D. POST. — Baron DE RAIGEPSFELD, par *F. L. Schmitner*. — Abbaye des Cisterciens DE RAITENHASLACH, 1780. — Comte DE RIAUCOUR. — Fr. A. ROSA. — C. FEVERLEIN. 10 pièces.

478. ŒFELY (And. Fel.). — SACHSEN-HILDBURGHAUSEN, par *M. Tyroff*. — Ch. G. Scharz. — Graff VON SECKENDORFF. — C. J. Baron DE SIMÉON. — Fr. Fr. P. SEDMITMER, chevalier de Malte. — J. A. IMHOF DE SPIELBERG, en rouge. — Bibl. épiscopale DE SPEIER. — Bibl. SPIEZELIANA. 10 pièces.

479. RUEDORFFER (J. E.). — H. S., par *J. B. Strachousky*. — Monasterii S. Jacobi Scotorum WIRCEBURGI. — Monastère des Bénédictins DE POLLING. — Herzog E. Fr. C. SACHSEN-HILDBURGHAUSEN, par *Martin Tyroff*. — D. SCHAPPER. — J. SCHERMAR. — A. Gott. SCHNEIDER. — SCHNIZLEIN. — B. J. SCHUDT. 10 pièces.

480. RATISBONNE (Célestins de). — Baron Charles DE STENGLIN. — J. V. Wenzl. Freyherr VON STERNBACH. — J. F. GUNTHER DE STERNEGG. — S. STRYKI. — F. X. A. DE STUBENRAUCH. — A. SVAJER. — Bibl. THEBESIANA. — A. L. VON TROTTA gen Treyden. — G. A. Baron DE VARELL. 10 pièces.

481. STERNBACH (J. V. von). — A. L. VON TROTTA. — P. R. VOGEL. — VON AHLEFELD. — VON DER HEYDEN. — J. G. VONHONSTEDT. — VON KRAFFT. — VON LEONRODT. — VON MADAI. — VON RUHLE, par *Wicker*. 10 pièces.

482. TROTTA (A. L. von). — VON LEONRODT. — David VON STETTIN. — J. Chr. WAGENSEIL. — E. Graf DE WAHL. — G.-A. DE WANGENHEIM. — Fr. WEILEN. — WELSER. — C. WELTACH. 9 pièces.

483. WERNSDORF (E. Fr.), par *Geyser*. — Fr. Graf VON WERTHERN. — Bibl. WILDERMETIANA, gr. par *C. Storcklin*. — Bibl. WILLIANA. — Graff zu WOLKENSTEIN. — Duc DE WURTEMBERG-ŒLS. — B. G. ZAHN. — Fr. P. ZELTNER. — Etc. 10 pièces.

484. WANGEHEIM (G. A. de). — Comte DE WOLKENSTEIN, 2 variantes. — V. H. ZERNECKE. — Comte DE ZINZENDORF, 3 variantes. — Anonymes héraldiques. — Ens. 25 pièces.

485. **Réimpressions**. Meyenburg (Von). — Anton Meyer. — Stang. — Goethe. — Etc. 33 pièces en *réimpressions* ou *reproductions*.

XIXe SIÈCLE

486. Bibliothèques et musées royaux et impériaux, bibliothèques de villes. 15 pièces.

487. Langenscheidt (Carl G.-F.), de Berlin. 15 pièces.

488. Leiningen-Westerburg (Comte K.-E.) et membres de sa famille. 44 pièces par *Oskar Roich*, *A. Stoehr*, *Hans Volkert*, *L. Rheude*, *H. Bastanier*, *A. de Riquer* et autres. Plusieurs gravés à l'eau-forte.

489. **Bibliothèques**. Ex-libris représentant des intérieurs de bibliothèques, 18 pièces.

490. — Autre lot de 21 pièces.

491. — Autre lot de 18 pièces.

492. **Musicaux**. Ex-libris à sujets musicaux, 29 pièces.

493. — Autre lot de 29 pièces.

494. **Nudités**. Ex-libris à sujets académiques, 50 pièces.

495. — Autre lot de 50 pièces.

496. — Autre lot de 56 pièces.

497. **Ex-libris** avec vues de villes, châteaux et paysages, 78 pièces.

498. — Autre lot de 78 pièces.

499. — Autre lot de 78 pièces.

500. — Autre lot de 77 pièces.

501. — Autre lot de 77 pièces.

502. **Dames**. Ex-libris de dames, 50 pièces.

503. — Autre lot de 50 pièces.

504. — Autre lot de 50 pièces.

505. — Autre lot de 50 pièces.

506. — Autre lot de 50 pièces.

507. — Autre lot de 50 pièces.

508. — Autre lot de 53 pièces.

509. — Autre lot de 29 pièces.

510. **Ecclésiastiques**. Ex-libris de couvents, prêtres, etc. 10 pièces.

511. **Docteurs-juristes** (Ex-libris de), 33 pièces.

512. — Autre lot de 33 pièces.

513. — Autre lot de 33 pièces.

514. **Militaires**. Ex-libris d'officiers allemands, de bibliothèques militaires ou à sujets militaristes, 39 pièces.

515. **Médecins** (Ex-libris de), 30 pièces.

516. — Autre lot de 30 pièces.

517. **Macabres**. Ex-libris à sujets macabres, 31 pièces.

518. — Autre réunion de 31 pièces.

519 **Armoiriés**. Ex-libris héraldiques, 100 pièces.

N° 188 du Catalogue.

520. — Autre lot de 100 pièces.

521. — Autre lot de 100 pièces.

522. — Autre lot de 100 pièces.

523. — Autre lot de 86 pièces.

524. **Ex-libris** à sujets variés, en noir et en couleurs, par divers artistes, 100 pièces.

525. — Autre lot de 100 pièces.

526. — Autre lot de 100 pièces.

527. — Autre lot de 100 pièces.

528. — Autre lot de 100 pièces.

529. — Autre lot de 100 pièces.
530. — Autre lot de 100 pièces.
531. — Autre lot de 100 pièces.
532. — Autre lot de 100 pièces.
533. — Autre lot de 100 pièces.
534. — Autre lot de 100 pièces.
535. — Autre lot de 100 pièces.
536. — Autre lot de 50 pièces.
537. **Ex-libris** gravés à l'eau-forte, 47 pièces.
538. Autre lot, 46 pièces.
539. **Ex-libris** par *P. Voigt*, *Felsing*, *Héroux*, *A. de Riquer*, *Alexis Liebmann*, 20 pièces.
Plusieurs en épreuve sur papier japon avec signature des artistes.
540. **Ex-libris** divers, en couleurs, 23 pièces.
541. — Autre lot de 23 pièces.
542. — Autre lot de 24 pièces.

AUTRICHE

XVIIe ET XVIIIe SIÈCLES

543. Blascowetry (De). — Comte de Colloredo. — Bibl. Durniezensis. — J. Fr. Guntlerde Sternegg. — J. Ch. Seyringer, 1692. — C. F. Comte de Wardensleben. — J. B. de Terme. — Etc. 11 pièces.

XIXe SIÈCLE

544. Maximilien d'Autriche, Empereur du Mexique.
545. **Héraldiques**. 97 ex-libris armoriés.
546. **Ex-libris** avec vues de châteaux, paysages. — Ex-libris à sujets macabres. Ens. 65 pièces.
547. **Nudités**. Ex-libris à sujets académiques, 56 pièces.
548. **Ex-libris** gravés à l'eau-forte. — Ex-libris représentant des intérieurs de bibliothèques. Ens. 25 pièces.
549. **Médecins**. Ex-libris de docteurs-médecins, 35 pièces.
550. **Dames**. Ex-libris de dames bibliophiles, 22 pièces.
551. **Juristes**. Ex-libris de docteurs-juristes. — Ex-libris à sujets musicaux. Ens. 31 pièces.

552. **Ex-libris** modernes en noir et en couleurs, par divers artistes, 100 pièces.

553. — Autre lot de 100 pièces.

554. — Autre lot de 100 pièces.

RUSSIE. POLOGNE

555. TROUBETZKOY (Prince). — Prince CANTÉMIR. — SCHUBART. — ZINZENDORFF. — Etc. Ens. 5 pièces du XVIIIe siècle.

556. Ex-libr. Cored : Neob. Anno 1732. — Comtesse Rzewuska, née Princesse LUBOMIRSKA. — Comte RAZOUMOWSKI. — ROSENBERGIANA, (Wittyg, pg. 36). — Ens. 4 pièces du XVIIIe siècle.

557. SCHARFFIANA (G. B. SCHARFF) (W. pg. 91). — WIRNIENCSKY. — J. B. RIVIÈRE (W. pg. 90). — Ens. 3 pièces.

558. ZUSTOLBERG (Comte Chr. Ern. de), 1721. — DE WEGRY-WEGIERSKY. — Comte DE BORCH. — Etc. 4 pièces.

559. ZAKRZEWSKI (A.). — SOBOLEWSKIANA. — L. DEMBOWSKI. — Ad. CICHOWSKIEGO. — Comte Al. BATOWSKI. — Comte St. Sept. POTOCKI. — Anonyme. — Ens. 7 pièces.

560. **Héraldiques modernes**. — Etiquettes. — Non héraldiques. Ens. 15 pièces.

561. FERDINAND Ier DE SAXE-COBOURG, Prince de Bulgarie. — Prince Aug. GALITZIN. — Th. GOLOWKIN. — Comte KAPNIST. — Prince Al. TROUBETZKOY. — Comte WIELKORSKI. — Comte BOUTOURLIN, 3 différents. — Etc. Ens. 12 pièces.

562. **Héraldiques modernes**. 33 pièces.

563. **Non héraldiques**. 53 pièces.

NORVÈGE. SUÈDE. DANEMARK

XIXe SIÈCLE

564. **Héraldiques**, 17 pièces.

565. **Ex-libris artistiques**, en noir et en couleurs, 90 pièces.

566. — Autre lot de 90 pièces.

AMÉRIQUE

XIXe SIÈCLE

567. **AMÉRIQUE DU SUD**. J. M. ANDRADE. — A. DE CAVALCANTI. — Fr. P. GUIMARAÈS. — MAXIMILIEN, Empereur du Mexique. — Vicomte DE RIO-BRANCO. — Fr. STARR. — Etc. 15 pièces.

568. **CANADA**. Irwing BROCK. — G. D. HARRINGTON. — Ph. GAGNON. — Alcide CHAUSSÉ. — Raoul RENAULT, etc., 9 pièces.

569. **ÉTATS-UNIS**. COLMANN. — Daniel HUGHES. — John LOWEL. — Treadway NASH. — STEWART. — Samuel WELLES, Boston, 1808. 6 pièces de la première moitié du XIXe siècle.

570. — **Ex-libris** armoriés, 41 pièces.

571. — **Médecins**, 10 pièces.

572. — **Dames**. 53 ex-libris, par divers artistes.

573. — **Ex-libris** gravés par *E. D. French*, *S. W. Spenceley*, *C. W. Sherborn*, *Paul Avril* et autres (voir reprod. **ci-dessous**). 26 pièces.

574. — **Ex-libris** non héraldiques, par divers artistes, **100** p.

575. — Autre lot de 90 pièces.

N° 573 du Catalogue.

TABLE DES MATIÈRES

LA ROCHE-SUR-YON. — IMPRIMERIE CENTRALE DE L'OUEST.

POUR TOUS
J'EFFEUILLE
DE TOUS
J'ACCUEILLE
PARTOUT
JE CUEILLE
Société le VIEUX PAPIER
EX
LIBRIS
F. BARGALLÓ
Henry-André 1907

www.ingramcontent.com/pod-product-compliance
Ingram Content Group UK Ltd.
Pitfield, Milton Keynes, MK11 3LW, UK
UKHW020437180726
13839UKWH00004B/1535